BuzzPop

An imprint of Little Bee Books
New York, NY

For information about special discounts on bulk purchases, please contact
Little Bee Books at sales@littlebeebooks.com.

Manufactured in China RRD 0321
First Edition

10 9 8 7 6 5 4 3 2 1

ISBN 978-1-4998-1199-5 (paperback)
ISBN 978-1-4998-1200-8 (ebook)

buzzpopbooks.com

El grupo de las L.O.L está preparándose para darlo todo mañana en su concierto. ¡Va a ser perfecto!

The L.O.L. crew is getting ready to rock it out at their concert tomorrow. It's going to be O-M-G perfection!

—¡Antes de poder andar, yo ya rocanroleaba! —dice Rocker, practicando su pose.

"I rocked before I could walk!" says Rocker, practicing her pose.

—¡Nací así! —dice Diva, retocándose el pelo.

"Born this way!" says Diva, fluffing her hair.

4

M.C. Swag está deseando subir al escenario. ¡Siempre ha tenido las mejores rimas!

M.C. Swag can't wait to hit the stage. She's always had the best rhymes!

—¡Recién salida del kínder!
—dice M.C.

"Straight outta daycare," says M.C.

5

M.C. agarra el micro y empieza a disparar palabras. Las palabras le salen solas, pero rimar... no riman.

M.C. picks up the mic and starts spitting. The words are coming out, but the flow doesn't . . . flow.

Diva y Neon QT se quedan en silencio.

Diva and Neon QT stay quiet.

MISSING

HAVE U SEEN ME-OW?

BABY 01

Ni siquiera MC Hammy hace su habitual contoneo de aprobación.

Even MC Hammy doesn't do his wiggle of approval.

7

—¡Mi canción es un desastre!
—dice M.C. llorando— ¡Ugh!
¡No puedo dar el concierto mañana!

"My song is a complete dud!" cries
M.C. "Ugh! I can't perform at the
concert tomorrow!"

© MGA

Pérdida de confianza: Esto es una señal de alarma para sus amigas. ¡M.C. ha perdido su swag!

This is a BFF red alert: loss of confidence. M.C. has lost her swag!

—Ni hablar, M.C. Lo que pasa es que necesitas animarte un poco —dice Neon QT.

"No way, M.C. You just need some cheering up," says Neon QT.

—¡Vamos a dar una vuelta! —dice Diva.

"Let's hit the town!" says Diva.

© MGA

9

En la peluquería, las chicas se arreglan con purpurina y todo.

At the salon, the girls get glammed and glittered.

© MGA

—Mírate, M.C. ¡Estás hecha para llevar trenzas! —dice Rocker.

"Look at you, M.C. You are made for braids!" says Rocker.

© MGA

11

Las amigas se compran una porción en su pizzería favorita.

The friends buy a slice at their favorite pizza shop.

M.C. se siente un poquito mejor. *¡Casi* está lista para lo que le espera mañana!

M.C. is feeling a little better. She's *almost* ready for tomorrow!

© MGA

—Tus letras son más sabrosas que el queso —dice Diva.

"Your bars are hotter than cheese," says Diva.

13

En las recreativas, M.C. consigue el máximo puntaje.

At the arcade, M.C. gets the highest score.

—Tu vida ya es extra —añade Queen Bee.

"Your life is already extra," adds Queen Bee.

—¿Ves, chica? Ni siquiera necesitas una vida extra —dice Neon QT.

"See, girl? You don't need a 1UP," says Neon QT.

MYSTERY

WARS

BUZZY BBS

14

© MGA

M.C. Swag se siente una ganadora.

M.C. Swag feels like a winner.

La pandilla de M.C. ha estado a su lado para ayudarla.
Con su misión cumplida, las amigas se separan.

M.C.'s crew came though, and gave her back her swag.
With the mission complete, the friends part ways.

16

© MGA

Pero al llegar a casa, M.C. recuerda la prueba de sonido que no le salió tan bien.

But when M.C. gets home, she remembers that not-so-great mic check.

—¿Y si me echan del escenario entre abucheos, Hammy? —dice M.C.—.
No PUEDO salir al escenario.

"What if I get booed offstage, Hammy?" says M.C. "I CAN'T go out there."

© MGA

M.C. está a punto de soltar el micro, pero MC Hammy está ahí para recogerlo. —Me alegro de tenerte a ti y a las chicas —dice M.C.

M.C. is ready to drop the mic, but MC Hammy is there to pick it up. "I'm glad to have you and the crew," says M.C.

© MGA

MC Hammy se contonea. Le gusta lo que oye.

MC Hammy wiggles. He likes what he hears.

¡Ding! Le llega la inspiración. ¡He he encontrado mi melodía!

Bling! Inspiration strikes. "I've found my tune!"

M.C. aparece en el concierto y ¡sus amigas le ACOMPAÑAN!

M.C. shows up for the concert, and her hype girls SHOW OUT!

Cuando canta su nuevo tema llamado ¿Dónde están mis chicas? Las letras de M.C. Swag son divinas...

When she performs her new single, "Where My Girls At?" M.C. Swag's bars are tight . . .

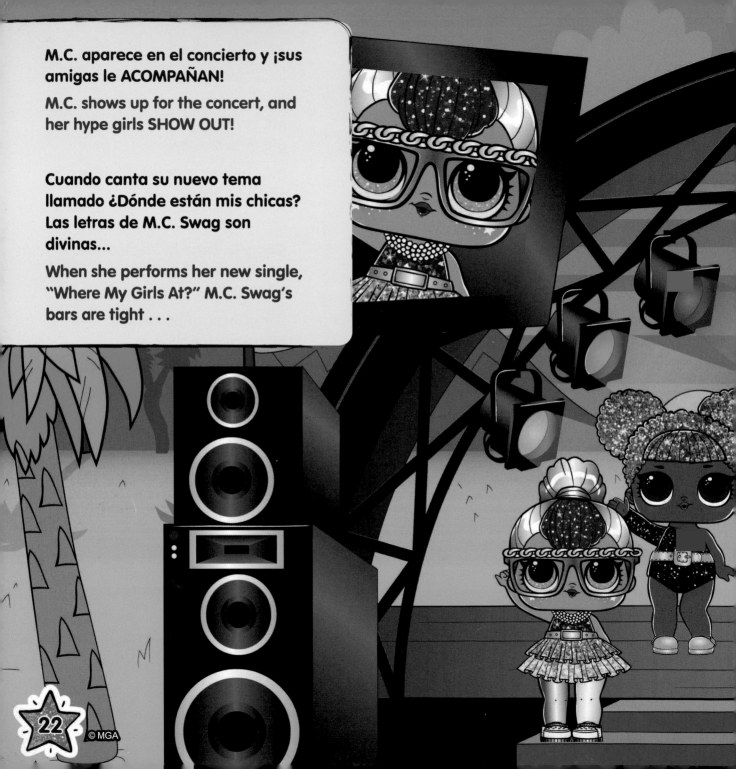

22

© MGA

23

...pero más divinas son sus amigas! Rapea: —¡Diva, Rocker, Queen Bee, Ne, estas chicas son estrellas y me acompañan todas ellas!

. . . but her circle is tighter! She raps, "Diva, Rocker, Queen Bee, Ne— these girls are fire, and they're with me!"